Los guardianes del secreto

Los guardianes del secreto

Texto e ilustraciones de
Violeta Monreal

SAN PABLO

Colección dirigida por Paloma Orozco Amorós

Distribución: SAN PABLO. División Comercial
Resina, 1. 28021 Madrid
Tel. 917 987 375 - Fax 915 052 050
ISBN: 978-84-285-3401-7
Depósito legal: M. 43.263-2008
Impreso en Artes Gráficas Gar.Vi. 28970 Humanes (Madrid)
Printed in Spain. Impreso en España

Para Javi,
Sofía,
Lucía y
Andi,
por su inestimable ayuda.

SECRETOS

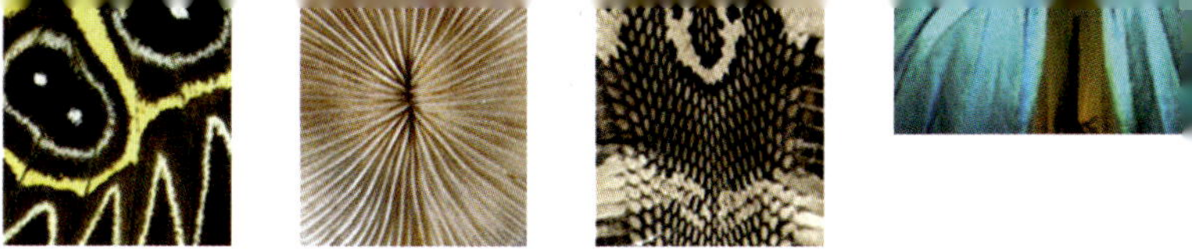

Carta a los lectores

Si no sabes guardar un secreto, no puedes leer este libro, porque si lo lees, tendrás que guardar su secreto para siempre.

No podrás contárselo nunca a nadie. Sobre todo, ten cuidado con los llamados "adultos". Ellos son los que nunca deberán saber nada de la existencia del secreto de este libro.

Si decides leer el libro:

–No se te ocurra hojearlo.

–No mires los dibujos antes de leerlo.

–Debes empezar desde el principio. Soportar los pinchazos de curiosidad y los momentos de cansancio.

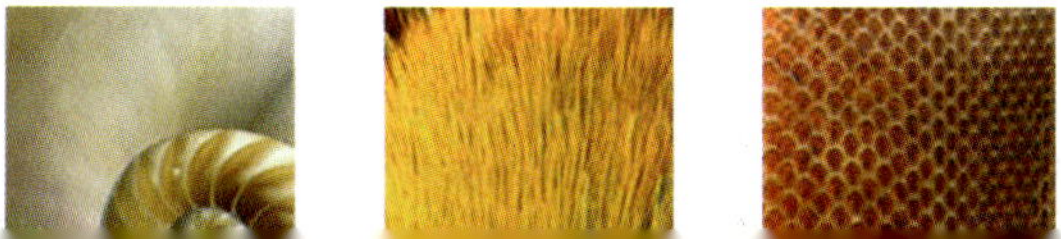

–Tendrás que aguantar las ganas de descubrir el secreto antes de tiempo…

–Cuando te encuentres esta interrogación, dejarás de leer y pensarás en la pregunta que te hace el libro. Hasta que se te ocurra una idea, no continúes leyendo.

Cuando termines de leerlo, siguiendo estas indicaciones, tú también pertenecerás al club de los guardianes del secreto.

VIOLETA MONREAL

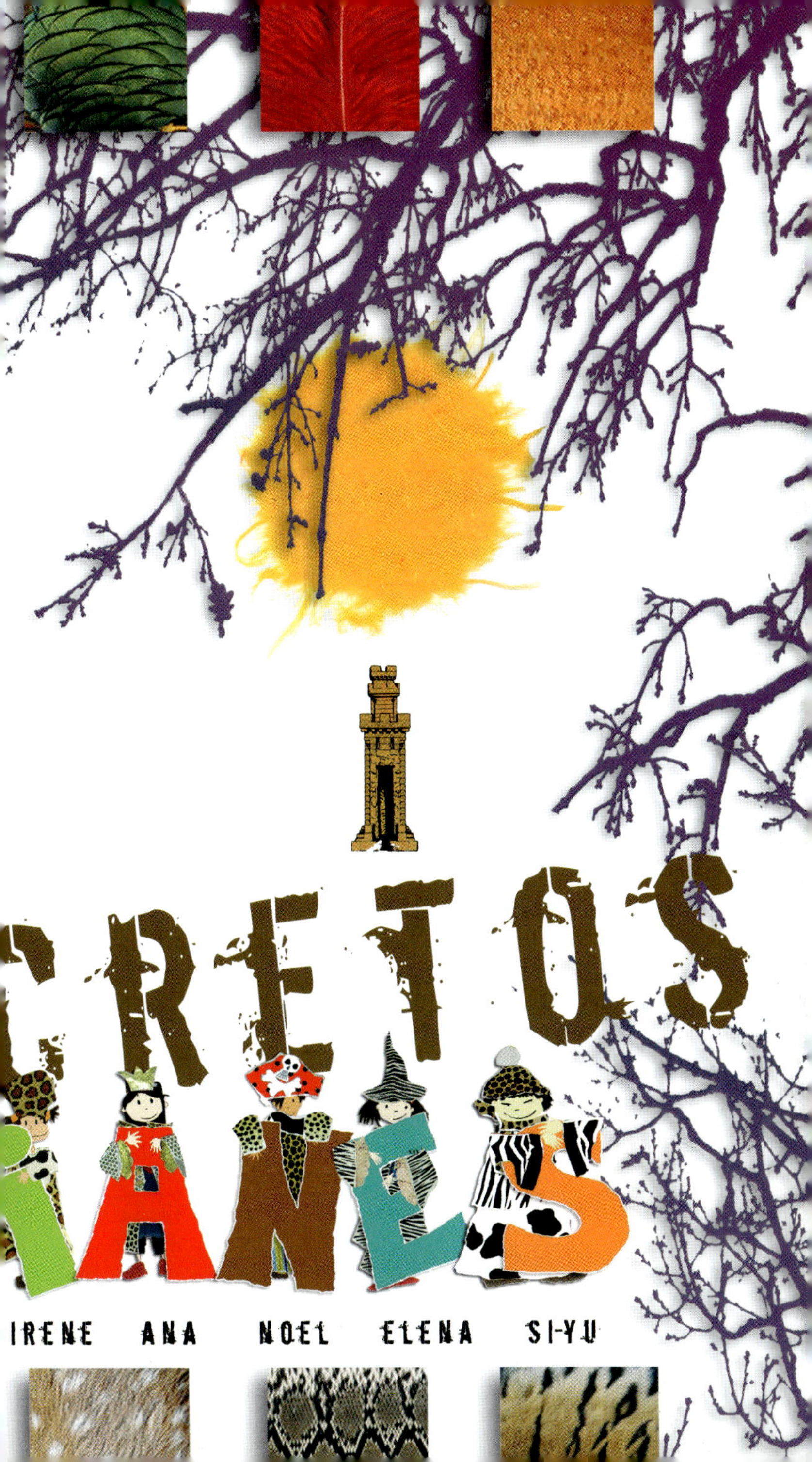
CRETOS
IRENE ANA NOEL ELENA SI-YU

1

Comienza la mañana:
El niño nuevo

Salvadora leía preocupada la nota del profesor Severino.

Aunque el colegio de Aguascalientes todavía estaba cerrado, Salvadora, la profesora, ya estaba en clase. Sus alumnos no habían llegado aún.

Aguasfrías, viernes 5 de mayo

Supongo que todo estará preparado para el cierre de su colegio. Como ya le he dicho en mi carta anterior: Si usted tiene diez alumnos y para mantener el colegio abierto necesita once; su colegio se cierra.

Le recuerdo que sus alumnos deben pasar un examen para determinar su nivel de estudios, pues no quisiera que bajara el rendimiento de los alumnos de mi colegio.

Espero que sus alumnos sepan comportarse, pues el colegio de Aguasfrías es un colegio muy distinguido y elegante.

No olvide que esta tarde mis alumnos y yo iremos a visitar su colegio.

Atentamente.

Severino

Salvadora no se dio cuenta de que un niño la miraba desde la puerta.

¡ejem!

Al oír el carraspeo, miró hacia la puerta. Lo que vio la dejó asombrada.

—¿Qué deseas? –preguntó, sin creer lo que veía.

—Soy el nuevo alumno –contestó el niño.

Salvadora nunca había visto un niño con ese... aspecto.

Se acordó de sus alumnos. ¿Cómo podría evitar que se burlaran de él? Sus niños eran de los que se reían incluso cuando se caía la tiza al suelo.

—Perdone ... se me ha olvidado una cosa en casa... ¿puedo volver y cogerla? –preguntó de pronto el niño.

—¿Volver?... ¡Claro! –contestó asombrada sin poder dejar de mirarlo.

—No se preocupe tanto, todo saldrá bien –gritó el niño mientras se alejaba corriendo.

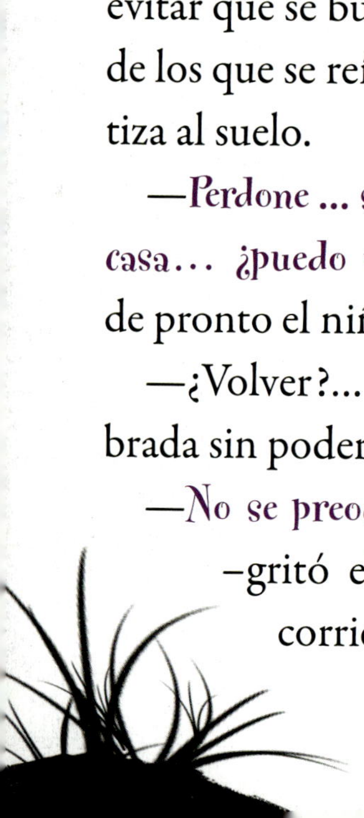

Salvadora iba a preguntarle a qué se refería, pero el niño ya no estaba.

Los nervios de la profesora comenzaron a crecer al mismo tiempo que el sonido del timbre. Eran las nueve. Ya se oía el bullicio de los niños subiendo por las escaleras.

¡Se acercaban los problemas!

2 Primer problema:
Cómo conseguir que ningún niño se ría del "nuevo"

La mejor manera de resolver un problema es enfrentarse a él sin rodeos. Salvadora esperó a que los niños se sentaran. Cuando todos estaban en su sitio dijo muy d-e-s-p-a-a-a-a-c-i-o-o-o-o:

—Hoy viene un niño nuevo –la clase estaba en silencio, todos escuchaban con curiosidad–. Cuando lo vi aparecer por la puerta de la clase, me acordé de vosotros. Es un poco extraño y me pregunto si vais a conseguir **NO** burlaros de él.

¿Cómo sería el niño nuevo?

Tengo que evitar
que el niño nuevo
lo pase mal.

Aprovechando el despiste de su profesora, los niños rompieron el silencio. Los comentarios se sucedieron en cascada.

—¿Es un **gigante**? –preguntó Rubén. Rubén le tenía miedo a todo. A todo menos al fuego, pues quería ser bombero.

—Será un niño con barba... –comentó Andrés. Andrés todo se lo tomaba a broma. Quería ser famoso.

—¿Que "meolvidao" el libro lengua? –preguntó Si-Yu. Si-Yu, no entendía todavía muy bien nuestro idioma. Quería ser cocinero.

—¡Tengo sueño! –gritó David. David sí entendía el idioma, pero nunca se enteraba de nada. Quería ser panadero.

—Será un monstruo verde, como Hulk –añadió al observar que todos le miraban.

—Si es un monstruo, ¡le cortamos la cabeza! –gritó Noel. Noel siempre estaba diciendo burradas, unas en broma y otras en serio; por eso, a la edad en la que los niños no distinguen bien las bromas, sus bromas siempre provocaban peleas. Noel quería ser policía.

Salvadora sintió un escalofrío mientras las ideas continuaban sucediéndose...

Que si los brazos
le llegarán al suelo

Que si tendrá la
cabeza enorme

O el jorobado
de...

Que si tendrá los
pies grandísimos

Que si será
un robot

Que si el pelo le
llegará hasta el
suelo...
Y tendrá un lazo...
¡No, que entonces
sería una chica!

Que si tendrá sólo un ojo
como un "cícople"

3 Segundo problema:
La ropa del niño nuevo

¿Cómo serían las ropas del niño nuevo?

—¡Silencio!

—Yo no estoy diciendo nada –protestó Gema. Gema siempre creía que la regañaban a ella. Quería ser periodista.

—¡No quiero ni un comentario más! –dijo Salvadora–. Sus ojos, su boca, su cara y su pelo son normales. El problema no es su cuerpo. El problema es su forma de vestir.

—Serán de príncipe –apuntó Ana. Ana era una niña muy romántica. Quería ser cantante.

Un torrente de nuevas ideas no se hizo esperar.

—Las ropas de príncipe no nos harían reír, seguro que sus ropas serán de payaso –dijo Elena seria. Elena no sabía lo que quería ser de mayor.

—Las ropas no son un disfraz, será que viene con un turbante, como el niño que salió en el telediario de ayer –dijo Gema.

—Vendrá de prisión –añadió Úrsula. Úrsula era un poco pesimista. Quería ser peluquera.

—No, será indio y vendrá vestido con plumas –dijo David. David veía demasiado la tele.

—Será un chino como tú, Si-Yu; vendrá vestido de "Gehsa"–dijo Noel para meterse con Si-Yu, sabiendo que las Geishas eran chicas, pero sin saber que no eran chinas.

—¡Ah! –contestó Si-Yu, sin enterarse de que se estaba metiendo con él.

—Sus ropas serán "arrapos" y olerá mal –dijo Irene. Irene era la más pequeña de la clase, siempre estaba contenta. Quería ser profesora.

... No llevará ropa,
irá en calzoncillos

Estará desnudo
dentro de un tonel

Llevará una
armadura

Llevará
súper-gafas

Vendrá con traje
blanco y corbata

Llevará la ropa
pequeñísima

Llevará vendas...
vestirá de momia...

de reloj...

de salchicha...

—No, no y no... –dijo Salvadora–, el problema es más complicado... Si alguno viene con una camiseta de cuadros, de rayas, con puntos, con dibujos, ¡hasta con flores!... eso sería una camiseta normal. La camiseta que lleva este niño no es una camiseta normal. La camiseta que lleva, es una camiseta de piel...

—¡¡¡De piel humana!!! –exclamó Rubén–, entonces es un caníbal.

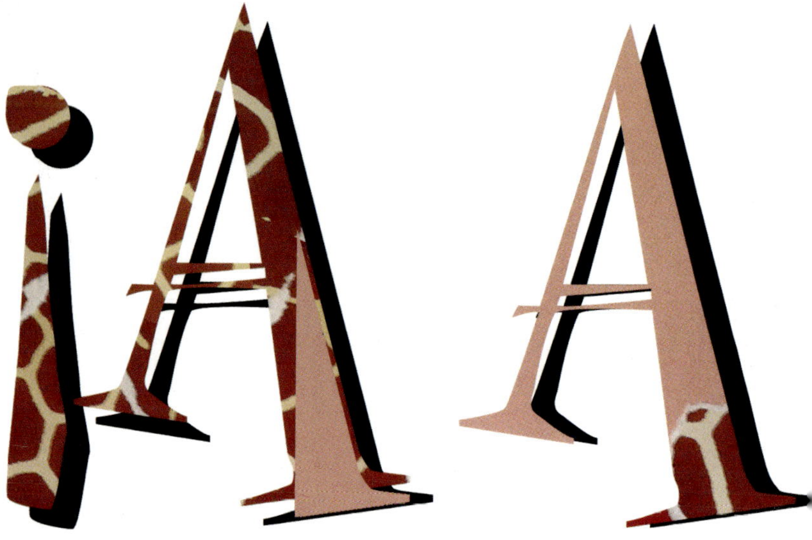

—¡Ni una interrupción más! ¡Dejadme que termine! –gritó Salvadora, perdiendo la paciencia–. No es de piel humana... El niño nuevo lleva una camiseta de piel de...

jirafa.

Se escuchó una exclamación de sorpresa.

—¡Esperad!, que aún hay más; lo más extraño no es la camiseta de **jirafa** –continuó Salvadora–, debajo de la camiseta de piel de **jirafa** se le asoman unas mangas de lo más extrañas. No son de un color normal, ¡no! No son verdes, azules, rojas, amarillas, violetas, naranjas, blancas o negras... –dijo, quedándose casi sin respiración, para anticiparse a todas las ideas que pudieran tener los niños–. Son de piel de animal...

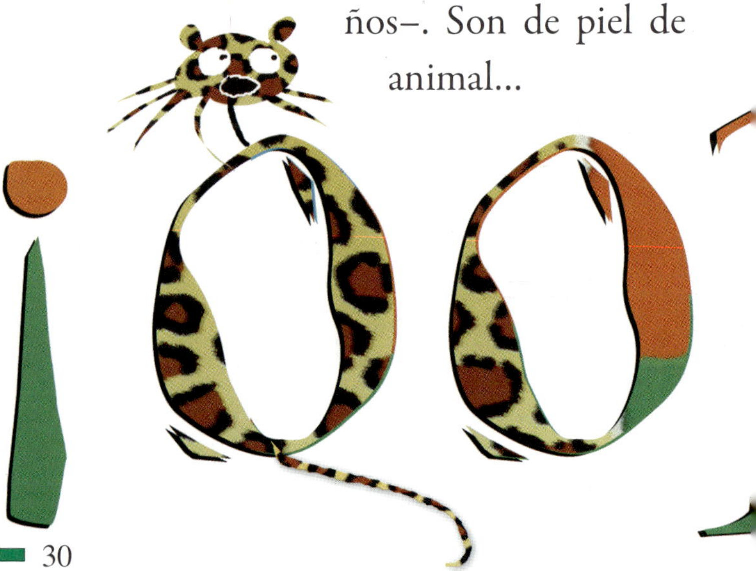

Los niños y las niñas enmudecieron. Con los ojos clavados en su profesora esperaban...

—Las mangas de la camiseta son de piel de **leopardo**...

Se escuchó una exclamación general de alucine.

—Y lo más raro no es que lleve camiseta de **jirafa**, y que las mangas sean de **leopardo**. Lo más extraño son sus pantalones... de piel. Son unos pantalones de piel de... **serpiente** –terminó diciendo Salvadora.

Los niños no podían creérselo. La expresión, esta vez, fue de incredulidad.

—Ese niño es más raro que... –murmuró Rubén, sin atreverse a hablar en voz alta.

—"Noentendo na" –contestó Si-Yu, haciendo un gran esfuerzo por seguir la conversación.

Este niño va a ser más raro que...

4 ¿Cómo serán?: Los padres del niño nuevo

Salvadora se descuidó y sin darse cuenta, pensó en voz alta:

¿Qué tipo de padres pueden mandar a su hijo al colegio vestido de esa forma?

Los niños creyeron que la pregunta se dirigía a ellos y, ¡claro! Cada uno tenía su teoría.

—No tiene padres, es un niño abandonado –contestó rápida Úrsula. Úrsula no lo estaba pasando muy bien. Sus padres se estaban separando.

Sí que tiene padres, pero no le quieren. ¡Pasan de él!
Su madre era una jirafa y su padre un leopardo.
No, sus padres son pobres y no tienen otra ropa que ponerle.

Su padre es el Yeti y su madre King-Kong.
Sus padres están locos y se escaparon de la "loquería".
Son una bruja y un mago. Esa gente pasa de todo y van a su "bola".

Son del pasado, muy pasado. De la prehistoria, y así visten en la prehistoria.
Son ciegos y no ven la ropa que se pone su hijo.
Vienen del espacio. Son extraterrestres.

Salvadora escuchaba estupefacta.
El niño nuevo estaba a punto de llegar.

—¡No sabéis nada de él!... –dijo apurada–. Tal vez tenga una historia muy triste. Muy..., muy triste. ¿Os dais cuenta de que no podéis reíros ni hacer comentarios desagradables? Tenéis que prometerme que no os vais a meter con él.

—Lo difícil no será que nosotros consigamos no reírnos. Esta tarde vienen los niños del colegio de Aguasfrías.

Si siempre se meten con nosotros, seguro que se van a meter con él –dijo Elena, la seria.

—¡Claro!, lo van a machacar –dijo Noel.

Inmediatamente, todos empezaron a imaginar todo tipo de maldades posibles:

—Le tirarán piedras, le darán sustos, le harán bromas pesadas…

Los comentarios fueron subiendo de tono:

—Le arrancarán un brazo. No, los dos. Le cortarán la cabeza; no, las piernas. Le dejarán sin ojos... sólo le dejarán el tronco y entonces no podrá andar.

Salvadora se estaba poniendo pálida.

5

El niño nuevo

Justo entonces se abrió la puerta.

Todos pudieron ver al niño nuevo.

Era tal y como la profesora lo había descrito: camiseta de piel de jirafa, pantalones de piel de serpiente...

¡No! Las mangas de la camiseta no eran de piel de leopardo, las mangas de la camiseta...

...eran de agua azul de piscina.

No hubo risas. No hubo comentarios graciosos. El silencio era total.

—Así que por eso me pidió permiso para volver a su casa, ¡qué raro! ¿Por qué se habrá cambiado? –se preguntó Salvadora conteniendo la respiración.

El silencio de sus alumnos dio paso a un montón de preguntas.

—Pero... pero, ¿por qué vas vestido así? –preguntó Gema.

El niño nuevo no parecía nervioso, no parecía preocupado, no parecía ser consciente de que los niños no van vestidos de esa forma tan rara.

—¿Que por qué voy vestido así?... La verdad es que no sé si se puede decir. Los que somos como yo lo solemos mantener en secreto.

Habló con voz clara. Como si estuviera en el salón de su casa a la hora de merendar. Sus palabras no mostraban timidez, ni vergüenza, ni apuro. ¡Era asombroso!

—¿Qué secreto?, ¿quién eres...? –continuó preguntando Gema.

¡¡¡Ja, ja,

¡¡¡Ja, ja

¡¡¡Je,

—Soy un superhéroe –respondió sin titubear.

Las carcajadas invadieron la clase. Risas de todo tipo y entonación.

El niño nuevo ni siquiera pestañeó. Era como si estuviera esperando a que pasara algo...

¡¡¡

a, ja!!!
ja, ja!!
je,
je!!!
jo!!!
¡¡Jo,
ji,
¡¡Ju,
ju!!!

6

Un problema explosivo

¡Y claro que pasó! En una esquina de la clase se preparaba algo muy distinto y peligroso.

Noel tenía un petardo (lo guardaba para la llegada de los niños de Aguasfrías), Rubén jugaba con cerillas, Si-Yu había empujado a David, la cerilla se "encendió", prendió el petardo... y asustado, Noel lo tiró a la papelera y...

Boommm!

¡¡¡Aaaaahhhh

...el humo negro comenzó a invadir la clase. Los niños empezaron a **asustarse** y **gritar**.

hhyyyyy!!!

¡Vamos a quedarnos como sardinas asadas!

En ese momento el fuego creciócóóó.

El niño nuevo se acercó al **fuego**. Extendió las manos y, de ellas, comenzó a salir agua a borbotones.

Los niños no podían abrir la boca porque se tragarían el humo, pero sus ojos asustados y llorosos se les salían de sus órbitas llenos de admiración.

A los pocos minutos el **fuego** se había apagado del todo. Pero un humo denso amenazaba con asfixiarles.

¡Tenían que salir de ahí!

—¡Tranquilos! Salgamos en orden –dijo Salvadora.

Salvadora giró la manilla de la puerta pero se dio cuenta de que estaba cerrada con llave. ¡Otra vez el conserje los había dejado encerrados! Peor momento imposible.

El niño nuevo, totalmente tranquilo, preguntó a Salvadora como quien pregunta la hora:

—*Tú tienes otra llave, ¿verdad?*

—Sí, pero está colgada en un clavo en la puerta de la entrada –contestó ella.

Todos vieron cómo, al niño nuevo, el cuello y las piernas se le comenzaban a alargaaaaaaaaaaaaaaaaaarr y, al salir por la ventana, se eeeeeeeeeesssssssssstiraban y crecíaaaaaaaaaaaan.

Cuando volvió a entrar, su cabeza, el cuello y sus piernas eeeeeeeeeencogieron.

En la boca traía la llave. ¡Salvados!

Salvadora abrió la puerta y pudieron salir todos.

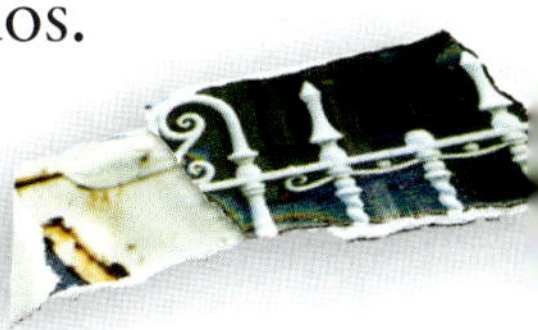

Las miradas de todos los niños se dirigieron hacia el niño nuevo.

¡Cuello de jirafa! ¡Piernas como serpientes! ¡Brazos de los que sale agua!

¡¡¡Era un superhéroe!!!

El "interrogatorio"

7

¿Cómo se llama el niño nuevo?

—No me lo puedo creer. ¡Eres un **superhéroe** de verdad!

—¡Jo, tío! Cómo molas.

—¡Impresionante!

—Gracias, nos has salvado a todos –dijo Salvadora–. ¿Cómo te llamas?

Antes de que el niño nuevo pudiera contestar... muchos nombres se escucharon en el aire:

Superperfecto

Superniño

Superfiera

Niño-cambiante

Batman

Supergoma

Supergüay

Spiderman

Supersúper

Superboy

Superman

—Me llamo Tinín.

—¿¿¿Tinín???, no parece de superhéroe... ¿Y el apellido? –preguntó Úrsula, con esperanza de que el apellido fuera más emocionante.

—Tinín Melo Setodo –contestó Súper-Tinín.

—Tinín Me-lo-sé-to-do, ¿y qué significa?, ¿que lo sabes todo?, ¿es ese tu poder? –preguntó Ana.

—Soy un niño, todavía no conozco bien mis poderes.

—¿Te puedes volver fuego? –preguntó Rubén.

Los niños estaban emocionados. No paraban de hacer preguntas.

—Lo único que sé es que, a veces, intuyo que va a ocurrir algún problema. Si consigo elegir la ropa adecuada para solucionarlo, los poderes me vienen solos.

¡El armario de tu habitación debe de ser enorme!

—¿Puedes vestirte con ropa normal? –le preguntó David.

—Sólo si no va a pasar nada –respondió Tinín.

—¿En el mundo?

—En mi entorno. Mi padre dice que me centre en lo más cercano, por eso me ha mandado a este colegio.

—Para protegernos –afirmó Ana, la romántica–. Para salvarnos de tener que ir al colegio de Aguasfrías el curso que viene.

Salvadora sonrió aliviada. Lo que decía Ana era verdad, con once niños en la clase, el colegio no se cerraría.

—Mi madre me dijo que para aprender a leer. No sé leer muy bien –respondió Tinín.

¿Cómo será la casa de Tinín?

—¿Tus padres son **superhéroes**?

—Mis padres nacieron en otra época, en su generación todo esto de los poderes era muy secreto. Yo no puedo decir nada de ellos.

Viendo el buen ambiente que reinaba, Salvadora recordó la visita de los niños de Aguasfrías.

—Tú no te preocupes si los niños se meten contigo –le dijo.

—Nadie se va a meter con él –dijo Noel con una voz que daba miedo. Noel estaba impresionado. Había pasado mucho miedo y se sentía muy culpable.

—No te metas en problemas, Noel.

—No, "seño", no me voy a meter en problemas, pero voy a pensar una idea para que nadie se meta con Tinín –respondió muy seguro.

Llegó la hora de comer. Salvadora dijo a los niños que podían irse a casa.

Cuando Tinín se marchó, Salvadora vio cómo Noel llamaba a todos sus compañeros y formaba un corrillo.

Parecía que tenían una conversación muy animada, porque todos ellos manoteaban y hacían gestos.

Salvadora suspiró.

¿Qué idea será la mejor para que nadie se meta con un niño que vista tan raro como Tinín?

8 Los guardianes del secreto

Salvadora se quedó ordenando la clase. No quería ni imaginar lo que podía haber pasado si Tinín no hubiera estado allí.

Las ideas daban vueltas y más vueltas en su cabeza.

¿Cómo se supone
que se enseña a un
superhéroe?

¡Ojalá mis niños se porten bien!
¡Ojalá los niños de Aguasfrías se porten mejor que el año pasado!
¡Ojalá Tinín vista ropa normal! Eso significará que nada malo sucederá.

Con tantas incertidumbres y preocupaciones, Salvadora se sentó a pensar, pero, en vez de eso, se quedó dormida.

Una terrible pesadilla la despertó. Vio a Tinín en un zoológico. Estaba encerrado en una jaula. Un montón de gente lo contemplaba y le tiraba comida. Tinín, en una esquina, lloraba gritando.

—¡¡¡Seño Salvadora... rescátemeeeeeeeeee!!!

En ese momento fue cuando supo lo que debía hacer. Los poderes de Tinín tendrían que quedar en secreto.

Un secreto que guardaría la clase entera.

Nadie más debería enterarse. Ella se ocuparía de educar al **superhéroe**.

Todos los **superhéroes** tienen ayudantes, personas que comparten su secreto. Ellos le ayudarían.

Y llegó la hora de que sus alumnos volvieran a clase. El primero al que vio aparecer fue a Tinín, parecía un angelito. Iba vestido de nubes algodonosas.

¿Qué podría suceder para que Tinín fuera vestido así?

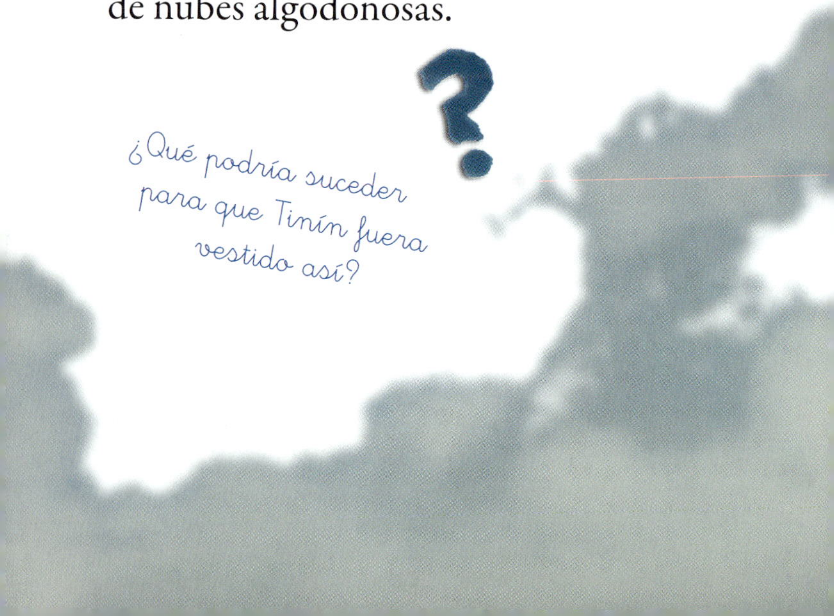

El autobús del colegio vecino ya había llegado. Los niños estaban bajando.

Todos miraban a Tinín con cachondeo.

Unas miradas de cachondeo a punto de dejar paso a los comentarios...

En ese momento, llegaron los demás niños de la clase de Tinín.

Todos los compañeros de Tinín se habían vestido con lo más estrafalario que habían encontrado: tigre, cebra, vaca, plumas, escamas... Aquello parecía un baile de disfraces.

—¡¡¡Estamos celebrando que el colegio no se cierra!!! –gritaban.

—¡Ya somos once! –cantaban.

—¡Tenemos un compañero nuevo!

¡¡¡Increíble!!! ¡Qué sorpresa! El secreto estaba guardado.

¡BR

De pronto, se oyó un trueno. La niebla y las nubes aparecieron. Empezó a caer lluvia, nieve y granizo como nunca antes se había visto.

Todos corrieron a refugiarse en el colegio, pero fue imposible abrirlo. La llave no estaba colgada en la entrada. Salvadora, con la llave en el bolsillo, sonreía. La había escondido para que los niños de Aguasfrías no pudieran quedarse.

Los niños de Aguasfrías se estaban empapando y veían cómo sucedía algo que don Severino dijo aquella mañana que nunca podría pasar: llover, nevar y granizar al mismo tiempo.

—Nos vamos –gritó don Severino agobiado–. ¡Ya hablaremos!

Cuando el autobús se fue a toda prisa, las nubes, la niebla, la lluvia, la nieve y el granizo se esfumaron.

Los compañeros de Tinín imaginaban quién había provocado la tormenta.

Salvadora reunió a todos sus alumnos.

Su forma de proteger a Tinín los había hecho merecedores de toda su confianza.

—A partir de mañana todos vendremos al colegio con una bata sobre la ropa. Así nadie sabrá cómo va vestido Tinín. Nadie debe saber que hay un **superhéroe** en nuestra clase.

—¿Ayudaremos a Tinín en todas sus aventuras? –preguntó Noel emocionado.

—Sí, pero no podremos contárselo a nadie, porque acabaría en un laboratorio o en un zoológico –contestó Salvadora.

Tinín pensaba que sus padres no deberían preocuparse tanto. Ir al colegio era muy divertido.

Como adivinando que pensaba en sus padres, Salvadora le dijo:

—Les dices a tus padres que quiero hablar con ellos, tenemos que ponernos de acuerdo en muchas cosas...

Las ideas de los niños volvieron a dispararse...

—¡Seremos **SECRETOS**!

Somos
Escoltas,
Cuidaremos,
Rescataremos,
Estaremos
Todos
Ocupados
Salvando el mundo.

—Todos seremos los

GUARDIANES del SECRETO

–dijo Salvadora–. ¿Prometéis guardar nuestro secreto para siempre?

—¡¡¡Lo prometemos!!! –gritaron todos a la vez.

¿Cuál será su próxima aventura?

¡Enhorabuena!

Acabas de leer la historia de *Los guardianes del secreto.*

¿Quieres conocer a quien ha escrito el cuento y dibujado las ilustraciones? Entonces, ¡sigue leyendo estas páginas!

¿Quieres aprender más cosas acerca de Tinín y sus compañeros de la escuela de Aguascalientes? Fíjate en el contenido otra vez y contesta a estas preguntas: disfrutarás el doble del libro que acabas de leer.

Violeta Monreal

A Violeta ya la conocéis porque ha publicado ya más de 140 libros. Algunos de ellos han sido publicados también en Estados Unidos, Japón, Corea, Francia, Portugal, Italia, Grecia y en varios países iberoamericanos. Violeta tiene manos de hada y corazón de niña. Duendes, brujas, dragones y «escaleras torcidas» salen de sus manos en un increíble despliegue de imaginación y destreza. Ella escucha mucho a sus dibujos, que son muy mandones. Dice que cuando era pequeña daba largos paseos y ya imaginaba cómo sería su vida llena de personajes a los que sacar los colores. Os voy a contar un secreto: Violeta es la presidenta del club de "Los guardianes del secreto".

¿Quieres saber más?

Con estas preguntas puedes disfrutar más del libro porque descubrirás detalles que se te pueden haber escapado y aprenderás cosas nuevas si sigues las instrucciones que te damos. ¡Adelante!

1 ¿Alguna vez has guardado un secreto? ¿De qué secreto se trataba?

2 ¿Sabes lo que es un club? En el colegio seguro que con tus amigos habéis pertenecido a algún club. ¿A cuál?

3 Seguro que a tu colegio ha llegado alguna vez un compañero nuevo. ¿Cómo le recibisteis en la clase? ¿Alguien se metió con él porque tenía un aspecto diferente? ¿Crees que está bien meterse con una persona simplemente porque no sea como los demás, o porque haya nacido en otro país?

4 Dice la profesora Salvadora que «la mejor manera de resolver un problema es enfrentarse a él sin rodeos». ¿Crees que esto es así? ¿O tú prefieres esconder la cabeza y esperar a que el problema pase de largo, sin darte cuenta de que de los problemas no se puede huir?

5 Cuando la profesora les dijo a los niños que iba a venir a clase un niño nuevo y que quería que no se burlaran de él por su aspecto, ¿cómo se imaginaron los niños que sería el nuevo?

6 En el libro, uno de los niños piensa que el niño nuevo podría ser un «cícople». ¿Sabes lo que es un cíclope?

7 ¿Recuerdas qué querían ser cuando fueran mayores los niños de la clase de la profesora Salvadora? Y tú, ¿qué quieres ser de mayor? ¿Por qué?

8 La primera vez que el niño nuevo apareció en la clase del colegio de Aguascalientes, ¿cómo iba vestido?

9 ¿Has pensado alguna vez en ser un superhéroe, como el protagonista de esta historia? Si pudieras elegir uno, ¿cuál serías y qué tipo de poderes tendrías? ¿Utilizarías tus poderes para ayudar a los demás, tal y como hacía el niño nuevo?

10 Los alumnos de Aguascalientes le pusieron un montón de nombres al niño nuevo, ¿te acuerdas de cuáles? ¿Cómo se llamaba en realidad? ¿Qué nombre le hubieras puesto tú?

Índice

Págs.

Carta a los lectores........................ 7

Los guardianes del secreto

1. Comienza la mañana: El niño nuevo.. 10
2. Primer problema: Cómo conseguir que ningún niño se ría del «nuevo».. 16
3. Segundo problema: La ropa del niño nuevo 22
4. ¿Cómo serán?: Los padres del niño nuevo 36
5. El niño nuevo 46

Págs.

6. Un problema explosivo 54
7. El «interrogatorio» 63
8. Los guardianes del secreto 70

¿Y ahora qué?

Violeta Monreal 90
¿Quieres saber más? 91

La Brújula

Serie Verde

(desde 6 años)

Cleo, el caracol aventurero

Texto de Joaquín Nieto

Ilustraciones de Mª Ángeles Maldonado

Zap, un pez pintado

Texto de José Morán

Ilustraciones de Paz Rodero

La sirenita, un cuento del mar

Texto e ilustraciones de Marina Seoane Pascual

Noel, el león que no sabía rugir

Texto de Daniel Nesquens

Ilustraciones de Ana Lóbez

Los guardianes del secreto

Texto e ilustraciones de Violeta Monreal

Un dragón en la sopa

Texto de Carles Cano

Ilustraciones de Silvina Socolovsky

Serie Azul

(desde 8 años)

El cazador de sombras

Texto de Emilio Calderón

Ilustraciones de Juan Ramón Alonso

Cuatro cuentos de ciudad

Texto e ilustraciones de Andrés Guerrero

La escalera torcida

Texto e ilustraciones de Violeta Monreal

Pepín Pepino
Texto de Apuleyo Soto
Ilustraciones de Federico Delicado

La sombra de Peter Pan
Texto de Paloma Orozco Amorós
Ilustraciones de Andrés Guerrero

Quintín y Mundicia en el País de Alcantarilla
Texto de Ana García Castellano
Ilustraciones de Nati Rodríguez

El ogro Malogro
Texto de Magdalena Vela
Ilustraciones de Marta Chicote

Pepín Pepino se va de vacaciones
Texto de Apuleyo Soto
Ilustraciones de Federico Delicado

La perforadora que no quería hacer agujeros redondos

Texto de Beatriz Roldán

Ilustraciones de Marta Cáceres

Julius

Texto de José Manuel Rodríguez Marchena

Ilustraciones de Juanan

Serie Naranja

(desde 10 años)

El caballero de las tierras de Urania

Texto de Norma Sturniolo

Ilustraciones de Jesús Gabán

Limpida Fons

Texto de Carles Cano

Ilustraciones de Ángel Esteban

La luz del faro
Texto de Vicente Muñoz Puelles
Ilustraciones de Nivio López Vigil

Querido monstruo
Texto de Juan Tébar
Ilustraciones de Francisco Solé

Trío de color
Texto de Emilio Pascual
Ilustraciones de Alicia Cañas

El chamán del Pequeño Valle
Texto de Josep Otón
Ilustraciones de Andrés Guerrero

El rey ciego de la luz
Texto de Paloma Orozco Amorós
Ilustraciones de Marina Seoane Pascual

Chan y la luna
Texto de Kiko Lorenzo y Beatriz I. Amann
Ilustraciones de Daniel Montero

Draconia

Texto de Paloma Orozco Amorós

Ilustraciones de Andrés Guerrero

Asier y la batalla de los espejos

Texto de Norma Sturniolo

Ilustraciones de Daniel Montero